Die Schweinegötter

Die Schweinegötter

und andere Visionen

von

Regina Miriam Bloch

Mit einem Vorwort (zur Erstausgabe)

von

Israel Zangwill

Aus dem Englischen übersetzt

von

Detlef Eberwein

Titel des englischen Originals:
The Swine-Gods, and Other Visions
London: John Richmond 1917
Reprint der „Second Impression" (o.O. und J.):
Pranava Books, India
Copyright für die deutsche Übersetzung:
© 2021 Detlef Eberwein
Alle Rechte vorbehalten.
Titelbild nach W. Gordon Mein
(Schutzumschlag der Erstausgabe)
Herstellung und Verlag:
BoD - Books on Demand, Norderstedt
ISBN 9783754316634

Inhaltsverzeichnis

Vorwort

von Israel Zangwill

Wenn ich Miss Regina Miriam Bloch dem Bücher lesenden Publikum vorstelle, bin ich mir keiner Kühnheit bewußt, werde ich doch von dem Wissen getragen, daß sie sich seit langem einen Kreis privater Verehrer gewonnen und daß zumindest einer ihrer lyrischen Texte ein „Lob von Sir Hubert" erhalten hat - der natürlich der größte lebende Poet ist. Ob das Urteil der Wenigen von den Vielen bestätigt wird, ist für den Verleger wichtiger als für die Literatur, eine lebenslange Erfahrung mit welcher mir die einsame Regel vermittelt hat, daß Erfolg kein Beweis für Unwürdigkeit ist. Es ist offensichtlich, daß ihr Talent - was immer sein Ausmaß ist - nicht dem Mainstream zeitgenössischer Literatur folgt, sondern in den stilleren Nebengewässern wirbelt. Eine Leidenschaft für Sage und Mythos, genährt von einer Bekanntschaft mit deren Manifestationen in jeder Literatur, eine Zuneigung zu dem seltenen, dem exotischen Wort, eine

Freude an Farben und Stoffen und Edelsteinen und das bloße Vokabular alter Romanzen, das sind keine häufigen Wesenszüge in unserer Zeit, da sich Literatur ebenso hastig ergießt wie sie begierig aufgenommen wird. Aber all diese Eigenschaften hätten nur einen akademischen Wert, würden sie nicht durch eine ursprüngliche Vorstellungskraft, von einer Einsicht in die Dinge des Geistes und von einer ethischen Erhöhung belebt, die heutzutage weniger altmodisch erscheint als vor dem Krieg. Daß diese Eigenschaften zu einer kosmischen Breite in der Lage sind, zeigt das kleine Gedicht in Prosa „Der wandernde Musikant", dessen Aufnahme als Epilog ich angeregt habe, da es tatsächlich die verheerende Wirkung von „Die Schweinegötter" mit dem Gedanken Goethes abrundet (wenn es mir Mr. Edmund Gosse noch einmal gestattet, Goethe zu zitieren):

> Über allen Gipfeln
> ist Ruh.

Die Allegorie, der Apolog, die Fabel oder die Parabel - es gibt feine Unterschiede zwischen ihnen, aber für den Augenblick können sie zusammengefaßt werden - sind heute kein bevorzugtes Medium in der englischen Literatur, obwohl sich Kipling, der Bänkelsänger, manchmal ihrer bedient. Und das trotz Bunyan, Phineas Fletcher, Mandeville, Dryden, Swift, Addison und Thomson sowie der vielen Moralitätenspiele, von dem Verfasser von „Piers Plowman" gar nicht zu reden, dem wir diese köstliche Fabel von den Mäusen verdanken, die vereinbarten, der Katze eine Schelle umzuhängen. Aber Allegorie in der Form der Karikatur ist beliebter als je zuvor, und ich sehe keinen Grund, warum ein Dyson oder Raemakers der Schreibfedern nicht ebensoviel Interesse wecken sollten wie diese Künstler des Zeichenstiftes. Es ist in welchem Medium auch immer dieselbe Kunst des breitgespannten Bogens und der kühnen Botschaft, und ihre größere Seltenheit in der Literatur sollte das Interesse dafür nur fördern. Für mich jedenfalls ist es aufregend und anregend zu sehen, wie sich ein Talent ungeachtet des Marktes über seine eigenen Kanäle aufdrängt, und ich kann mich der Anregung nicht enthalten, daß es aufgrund eines neugierigen Atavismus geschehen ist, daß der rassische Geist dieser jungen Jüdin auf die Apologe und Parabeln des Orients zurückgegriffen hat. Denn wie jedermann weiß, war dies die bevorzugte Methode der weisen Männer, die aus dem Osten kamen. Jesus folgte nur dem Verfahren des Alten Testamentes, wie es nach ihm von den Rabbis des Talmud und des Midrasch praktiziert wurde. Selbst Philo Judaeus behauptete, daß vieles im Alten Testament allegorisch wäre - es war der erste Versuch, Religion und Wissenschaft oder Hebraismus und Hellenismus miteinander zu versöhnen. Es geschah durch die Juden und Mauren Spaniens, daß sich die Gewohnheit, Philosophie anhand von Apologen zu lehren, in ganz Europa ausbreitete, ein Verfahren, für das Mandevilles „Fable of the Bees," ein spätes englisches Beispiel ist. Möglicherweise ist es die indische Wiege des Verfassers von „Kim", die für seine apologische und allegorische Ader verantwortlich ist, obwohl sie sich wahrscheinlicher aus seiner Aufnahme des Alten Testamentes ergibt.

Zum Glück für Miss Bloch ist ihre Auslegung der gegenwärtigen beängstigenden Weltlage ebensowenig wie die Kiplings von der offiziell richtigen Ansicht zu trennen - denn zwar haßt den Krieg eindeutig, doch selbst Christen können ihn ja immer noch für ein Unheil halten –, aber ich kann nicht anders, als über die mögliche Zukunft der Allegorie und die Wiederbelebung von Parabel und Fabel zu spekulieren, wie sie sich entwickeln können, wenn die bestehende Zensur sehr viel länger in Kraft bleibt und Autoren dazu getrieben werden, zwischen den Zeilen statt auf ihnen zu schreiben. Diese Erstickung des Denkens ist einer der vielen Gründe, weshalb moderne Kriege nicht lange dauern dürfen.

Selbst ein Stück des Verfassers von „Rule, Britannia" wurde verboten, wie man sich erinnert. Aber die Fesseln wurden jetzt auf jeden Bereich von Literatur ausgedehnt. Dies ist nicht die am wenigsten zu verdammende Konsequenz der Verehrung und der Machenschaften der „Schweinegötter".

An meine Leser

Diese Phantasien wurden geschrieben, weil ich von einer Stimme dazu angetrieben wurde, sie zu schreiben, die in meiner Seele schrie, und ich lege sie in aller Bescheidenheit dem großen Publikum wohl wissend vor, daß wir alle Kinder von Gottes Großer Republik sind.

Ich bin Mr. Ralph Shirley von „The Occult Review" für seine freundliche Erlaubnis zu Dank verpflichtet, die Erzählung „Die Neue Schöpfung" nachzudrucken, die zuerst in dieser Zeitschrift erschienen ist. Die anderen Stücke wurden bisher nicht veröffentlicht.

Regina Miriam Bloch

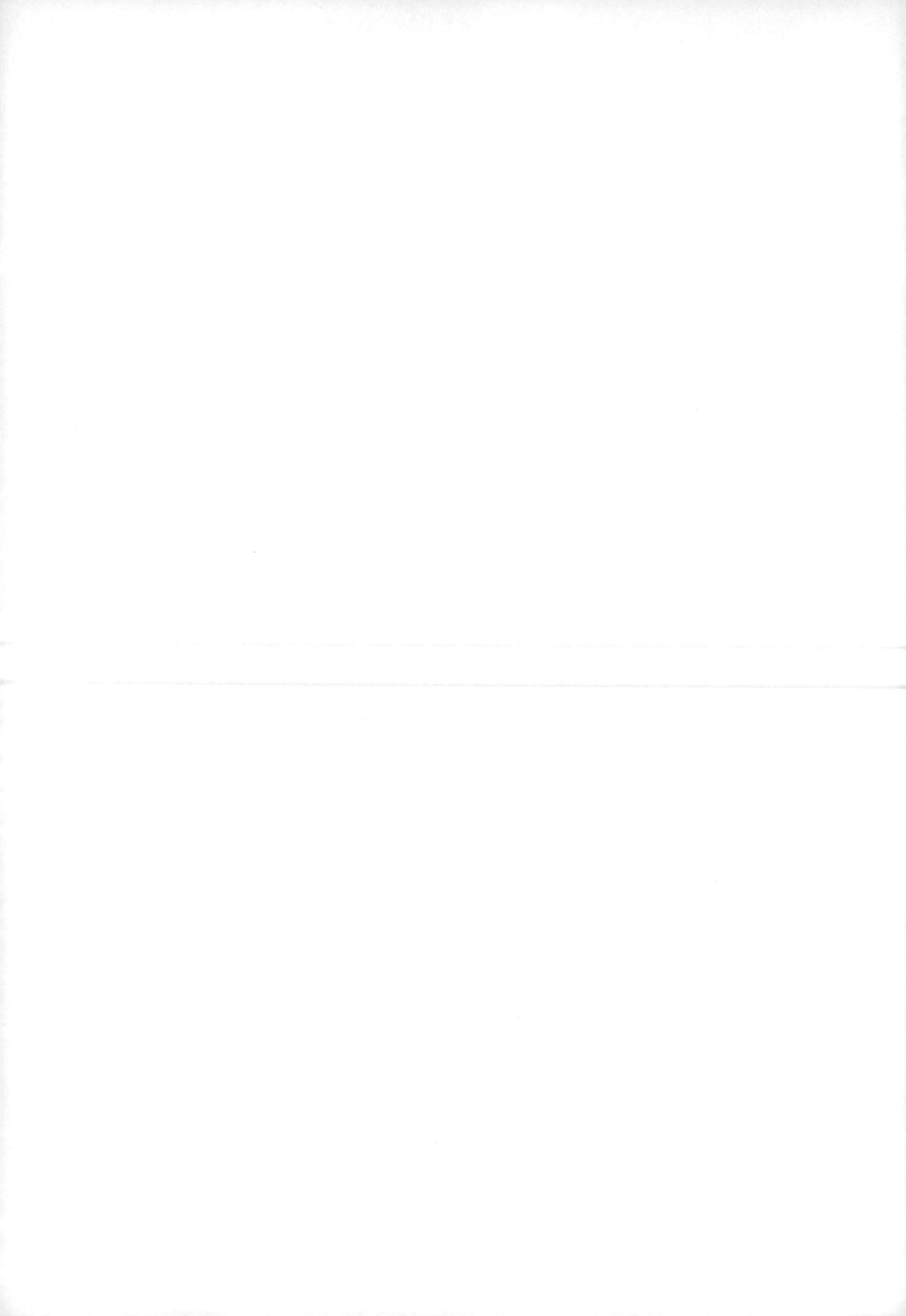

I

Die Schweinegötter

In meinem Traum wanderte ich einen endlosen Pfad entlang, grau wie der Dämmerungsrauch, bevor die Nacht die Feuer ihrer Sterne auf Gottes Herdstelle entfacht hatte. Er wand sich endlos weiter und weiter wie eine graue Schlange, die sich aufrollt. Die Bäume waren dürr und düster und dräuten wie Wolken durch die hartnäckigen Nebel.

Ich wurde müde, während ich seine wüstenhaften Strecken zurücklegte, meine Füße stimmten sich traurig, und mein Herz sank mir in die Hose.

Und da kam ein kleines Kind vorbei, dessen Gesicht vom Schluchzen abgehärmt und dessen Haar zerzaust war und das einen gebrochenen Flügel an der Schulter hatte.

Ich sagte: „Wo bin ich?"

Es sagte: „Dies ist der Lange Pfad der Verlorenen, und ich bin eine Verlorene Liebe."

Und es ging weiter.

Und da kam ein weiteres Kind mit einem elfenhaften Gesicht, das ein verheertes Lachen zeigte und dessen rosenrote Robe zerlumpt war.

Ich sagte: „Wer bist du?"

Sie sagte: „Ich bin eine verlorene Freudvolle Stunde, und da ist Schlamm auf meinen Füßen."

Und sie ging weiter.

Ihr folgte ein drittes Kind in einem Kleid, das einmal himmelblau gewesen war, aber durch Wind und Wetter bis zur Farblosigkeit verblaßt war. Sie trug verwelkte Lilien in ihrem Arm, und an ihrem Rock hing eine zerbrochene Laute.

Ich sagte: „Wer bist du?"

Und sie sah mich mit Augen an, in denen die Veilchen verblüht waren, und sagte:

„Ich bin eine Verlorene Illusion, denn alles, was verloren ist, wandert diesen Pfad entlang."

Ich sagte: „Gibt es kein Haus daran? Denn ich bin müde von meinem bitteren Wandern, und es hat kein Ende."

Sie gab Antwort: „Es gibt nur ein einziges Rasthaus."

Ich sagte: „Wo?"

Da deutete sie und sagte: „Dort drüben" und ging ebenfalls weiter.

Ich sah nach, wohin sie gedeutet hatte, und erblickte jenseits des Nebels einen Palast mit mächtigen Mauern, die zornig emporragten, und mit Zinnen und Türmen, die seltsam geformt waren.

Ich ging auf ihn zu, und siehe da! Die Brücke fiel von unbekannten Händen betätigt krachend über den Fluß, der trübe und trostlos um ihn herumfloß. Die Tore und Türöffnungen standen weit offen, und nirgends war da ein Wächter, und ich trat geradewegs ein.

Als ich weiterging, hörte ich von weit her ein Stöhnen wie vor Schmerz und das Bellen einer fernen Meute. Ich fragte mich, wer das war, der da den Langen Pfad der Verlorenen hinab jagte.

Und mich wundernd betrat ich den stillen Palast.

Ich fand mich in einer Halle wieder, die größer als jede war, die Menschen je erträumt hatten, und die vollständig mit Pfeilern und Wänden aus schwarzem Porphyr und Basalt errichtet war.

Die schweren Säulen ragten erstaunlich hoch empor, eine tiefschwarze Kuppel schien sich über mir in ihren schwindelerregenden Höhen zu erheben, wo Biester und Fledermäuse mit Harpyengesichtern und schattenhaften Flügeln flatternd und kreischend ohne Unterlaß kreisten. Die Fußböden waren aus schwarzer Jade, die wie ein von Geistern heimgesuchter Teich schimmerte. Und an den Pfeilern hingen Leuchter aus schwarzem Glas, die ein frostiges Licht spendeten, während sich in den Fugen der Steinplatten, der Fenstergiebel und Kolonnaden rabenschwarze Blumen wie Geschöpfe des Todes bewegten und ihre Blütenblätter ausbreiteten, bis sie gierige, gefräßige Münder zu sein schienen. An jedem Ende der Halle war da ein Ofen von rotem Feuer, in dessen Mitte hinter Stufen aus schwarzem Marmor ein schrecklicher eiserner Baal dräute, dem viele Akolythen Opfer darbrachten.

Ich ging auf den Baal am rechten Ende der Halle zu.

Das Glühen dieser Feuer blendete mich in all der Undurchsichtigkeit um mich herum. Denn auf einmal stand ich da betäubt von dem Prasseln und Tosen der Flammen aus dem Innersten des Ofens. Als sich dann meine Sicht klärte, sah ich einen riesigen Moloch mit weit geöffneten Kiefern und geschmolzenen, flackernden Händen und einem Kopf, der wie das Abbild eines Schweins geformt war und dessen Schnauze Feuer ausspie.

Vor ihm befanden sich Priester mit geschorenen Köpfen und anzüglich grinsenden Gesichtern, die ebenfalls in Schwarz gekleidet waren. Und jeder von ihnen trug eine kleine stille Flamme in Blau oder Weiß oder Rot oder Grün zu dem Hohepriester hin, der in der Mitte der obersten Stufe vor dem Baal stand.

Der Hohepriester überragte die anderen, und seine Gewänder glänzten von schwarzer Jade. Ich konnte sein Gesicht nicht sehen, aber auf seinem Kopf waren da Adlerfedern, und sein Fuß war gespalten.

Und der Hohepriester psalmodierte diese Worte: „Meister Mammon, oh Gott Mammon, immer finden wir deine Nahrung, und deine ewigen Feuer ersterben nie, obwohl deine Hände zu weißen glühenden Aschen verbrannt sind. Oh Gott über den anderen Göttern, den die Welt um Gnade anfleht, von Anbeginn an wurde dein Haus auf sicheren Fundamenten errichtet. Deine lockende Kraft reicht tiefer als die Sockel der See, dein Stolz ist immer genährt, deine Zelte breiten ihre mächtigen Lager aus zur Verhöhnung des Herrn.

Siehe, Erzeuger der Menschen! Wir leisten dir deinen uralten Dienst."

Und einer der Priester trat vor, und die kleine Flamme, die auf der Schale in seiner Hand brannte, war weiß.

Und er übergab sie dem mit dem gespaltenen Fuß und psalmodierte: „Erzflamen, dies ist die Seele eines sehr jungen Mädchens. Ihre Glieder und ihr Körper sind wie geschlossene Blumen, aber ihre Eltern haben sie an einen alten Mann verkauft, der viel Gold in seinen Truhen hat. Seine Lippen sind gefroren und blau, sein Atem ist ein Hauch des Todes, und sein Herz ist das eines Satyrs."

Da hob der Erzpriester die weiße Flamme empor, sodaß sie sich dicht unter dem glühenden Feuer der Schnauze des Schweinebaals befand.

Und mit dem Ruf: „Oh Mammon, der süße Geschmack deiner jungfräulichen Braut" stürzte er sie hinab in die geschmolzenen Hände.

Das Feuer loderte einmal auf und prasselte und brannte weiter.

Da kam nun ein zweiter Priester mit einer kleinen blauen Flamme und sagte:

„Dies ist die Seele eines Poeten, der auserlesene Träume träumte und Hunger litt, und da waren sehr wenige, die ihm Beachtung schenkten.

Doch das Verlangen überkam ihn, und er verwarf seine Träume und sang von Widerwärtigkeit und abscheulichen Dingen. Aber die Leute strömten herbei und riefen: ‚Mehr! Mehr!'"

„Er sagte: ‚Wahrlich, ich werde euch mehr von meinen Obszönitäten geben, wenn ihr mir euer Gold gebt.'"

Da lachten sie und streifen die Münzen aus ihrem Haar und die Armbänder von ihren Armen.

Und er sang weiter."

Und der Hohepriester warf die blaue Flamme hinein und sagte: „All die Träume und Gesänge, die Ideale und das Streben der Welt sind dein, oh Meister Mammon."

Nächstdem kam einer, der eine rote Flamme trug, und der sagte: „Dies ist das Herz eines Mannes, der ein Mädchen innig liebte.

Sie hatte nur ein Kleid und keine Juwelen für ihre Fesseln, aber ihre Seele war rein wie der Tau der Morgendämmerung.

Und er kam zu einem Haus, in dem eine Hure lebte, und sie war die Tanzfrau der Kalifen gewesen. Ihr Bett war mit Seide behängt, ihre Tische waren aus Chalzedon, ihre Krüge aus Silber, und sie trug Perlen an ihrem Unterkleid.

Und sie sagte: ‚Ich begehre deine Jugend und Stärke. Du bist wie eine Eiche, und ich bin wie eine Palme, die gebrochen ist. Wohne mir bei!'

Da blickte er auf ihre Perlen und den Chalzedon, und er verriegelte die Türen ihres Hauses gegenüber seiner Liebe im Kleid aus weißem Leinen.

Und ihr Herz brach, aber er trank von dem Wein aus den Krügen und vergaß."

Die rote Flamme fiel in das hochrote Feuer, und der Erzpriester sagte: „Oh Meister Mammon, oh Brecher und Macher von Herzen, oh Former von Wegen und Herr über Schicksale!"

Daraufhin kam ein Priester, der eine gelbe Flamme trug, und er sagte:

„Dies ist die Seele eines Mannes, welcher der Lieblingswesir des Königs war. Dieser hatte ihn aus den armen Menschen seiner Stadt emporgehoben und ihn bei sich aufgenom7men.

Der König trat ihm etwas von seinen Ländereien ab und verlieh ihm außerdem große Macht, und daher war sein Haus fast ebenso prächtig wie der Palast seines Herrn.

Aber dieser Wesir hatte eine Ehefrau, die ebenfalls den Armen in der Stadt des Königs angehört hatte und nicht aufsteigen konnte, um ihrer Stellung zu entsprechen. Und der Wesir verließ sie, und sie wurde so kalt wie ein altes Weib.

Dann warf er ein Auge auf die Ehefrau des Königs, die schön war und ein Smaragdkrönchen auf ihrem Kopf trug.

Und des Königs Ehefrau sah zu ihm auf, und er gewann ihre Gunst, denn sie war eitel, und seine Zunge war subtil.

Und eines Nachts, als er sich im Gemach der Königin befand, blickte er um sich auf die seltenen Schätze an Juwelen und Gold und sagte:

‚Mein Haus ist nicht so prächtig, und meine Ehefrau ist nicht so jung und liebreizend. Da ist ein unbezahlbarer Schatz in den Schatzkammern. Warum sollte nicht ich den königlichen Umhang und die Krone tragen und diese Frau zu meiner Königin machen?'

Dann erhob er sich aus ihren Armen und stahl sich heimlich in die Schlafkammer des Königs und stach ihn in seinem Schlaf tot."

Und der Erzpriester warf die gelbe Flamme in die hochrote Grube und psalmodierte:

„Alle Blumen des Neids auf dieser Welt und die Früchte der Leidenschaft der Welt sind in deine Girlande geflochten, Meister Mammon!"

Aber ich war angewidert, wandte mich ab und ging hinüber zu dem Baal, der in dem Feuerofen am linken Ende der Halle stand.

Und siehe da, auch hier waren Priester, die Seelenflammen trugen! Nur waren ihre Gefäße nicht aus Gold und Silber, sondern aus Eisen und Stahl. Und der Kopf des Molochs war anders, denn es war der eines Ebers. Aus seinen Kiefern standen zwei große Hauer wie Stachel vor, und aus ihnen schossen abwechselnd Flammen und Rauch inmitten eines wütenden Tosens, das seine ganze ungeheure Masse von Eisen durchrüttelte.

Aber der Hohepriester vor ihm war wie derjenige vor dem Abbild des Mammons, und auch er hatte einen gespaltenen Fuß.

Und er psalmodierte: „Oh Meister Mars, oh Meister Mars, die ganze Natur ist dein Bauer. Du weidest dich an den Schwachen in den unzähligen Graden deiner Stärke. Du bist der Herr des scharfen Fangzahns, des gefräßigen Schlundes, des bohrenden Schnabels, des springenden Untiers. Die Christen, Messiasse und Propheten, die Priester und Engel scheitern vor dir. Die Fäule deines Aases und der Gestank deiner Kadaver steigen bis zu den Pforten des Himmels empor, und ihr höllisches Räucherwerk trotzt den rosenbewachsenen Einfriedungen des Paradieses ...

Du bist der Herr des Tals der Schatten, die bewegte Sichel des Todes, und deine Arme ringen jugendliche Unsterblichkeit nieder. Du bist der Plünderer des Göttlichen im Menschen, du verlangst endloses Opfer, und siehe da, es wird erbracht! Denn jeder Sohn einer Frau, jedes Geschöpf auf der Erde und im Meer und in der Luft ist dein, du Schänder der Ewigkeiten."

Und da kam ein Priester, der eine Flamme trug, und er sagte: „Herr, dies ist die Seele eines jungen Mannes, welcher der einzige Sohn seiner Mutter war, und sie eine Witwe.

Sie wohnten glücklich zusammen, denn er bestellte ihr Feld und beschaffte ihr Öl und Schweinegrieben mit der Arbeit seiner Hände, während sie sich an seiner Stärke und dem Haar erfreute, das ein goldenes Vlies und wie das Haar des Liebhabers ihrer Jugend war.

Aber die großen Könige stritten an hohen Orten. Sie führten eine Division in das Land und legten es in Schutt und Asche und schändeten seine Jungfrauen.

Da sagte der junge Landwirt: ‚Meine Mutter, ich muß die Pflugschar und die Heckensichel beiseite legen und eine Lanze und ein Faustschild an ihrer Stelle aufnehmen. Lebe wohl!‘

Tränenlos und betäubt von der Größe ihrer Sorge klammerte sie sich an ihn und sagte: ‚Eile wieder heim zu mir. Denn du bist mein Alles auf der Welt, und da ist kein anderer Schritt, der zu mir über die Hügel kommt.‘

Er sagte: ‚Ich werde zurückkehren.‘

Aber er kam niemals, denn der Schleuderstein eines Feindes traf seine Schläfe, und von den durchgehenden Streitrossen der Reiter des Königs wurde er so, daß er keinem Menschen mehr glich, und zu Blut und Schlamm zertrampelt.

Und seine Mutter starb allein an ihrem gebrochenen Herzen.“

Da packte der Erzpriester die Flamme, schleuderte sie hinein und sagte:

„Möge dieser makellose Rauch zu dir aufsteigen, mein Gebieter! Dein sind der süße Erstling aller Menschheit, dein der Augapfel der Mutterschaft, dein die Thronjuwelen des Herrschaftsbereiches eines Sultans."

Danach kam ein zweiter Priester mit einer blutroten Flamme.

Er sagte: „Dies ist die Seele von einem, welcher der Hersteller von Geräten für Peinigung und Folter war."

Er grübelte bei Tag und bei Nacht, um seltsame Gase, die töten, und Monster aus Metall zu entwickeln, die verschlingen.

Er erfreute sich daran, wenn die Felder, wo vor einer Stunde noch unzählige Menschen gestanden hatten, aufgrund seiner Geräte durch geronnenes Blut und Eingeweide verdarben.

Er wurde mit Ruhm gekrönt und erhielt große Belohnungen von dem Herrscher seines Landes."

Und der Erzpriester warf sie hinein und sagte: „Oh Mars, du Entwirker von Knochen, du Zerstörer von Fleisch, du

Fresser von Gliedern, du Weinsäufer von Blut: Nimm dein Opfer an!"

Doch da kam ein weiterer Priester, der eine Flamme trug, die fast schwarz war auf einer eisernen Platte.

Er sprach: „Dies ist die Seele eines mächtigen Königs.

Seine Paläste waren mit den Reichtümern der Welt geschmückt, seine Schiffe durchfuhren die sieben Meere, seine Kaufleute sprachen sich untereinander ab, seine Armeen waren so stark wie himmlischen Heerscharen, sein Thron war so beständig wie der Sockel der Sonne.

Er träumte lange unter dem Thronhimmel seines außergewöhnlichen Reichtums, alle Dinge waren ihm zu Diensten und unterlagen seinem Befehl. Eines Tages, als er so auf der Estrade seines Lustpalastes saß und müßig mit seinem Szepter spielte, sagte er zu seinem Minister: ‚Hast du jemals einen größeren Rubin oder einen von größerem Glanz als den auf meinem Haarreif gesehen?'

Der Ratgeber antwortete: ‚Ja, mein Lehnsherr, da ist ein größerer von noch überragenderem Glanz im Haarband des Königs von Dortenland.'

Der König sagte: ‚Laß ihn her zu mir bringen!‘

Aber der Minister antwortete: ‚Ich kann nicht, denn er gehört diesem König und ist sein Familienerbstück.‘

Der König fragte: ‚Hat er noch weitere Juwelen?‘

Der Ratgeber antwortete: ‚Sein ist das einzige Reich, das es mit deinem aufnimmt. Seine Truhen laufen über, seine Töchter sind schön, sein Königreich ist friedvoll, seine Leute sind glücklich und arbeiten angenehm auf den fruchtbaren Feldern.‘

Aber des Königs Gesicht wurde dunkel vor Neid, und seine Nasenflügel bebten.

Er sagte: ‚Ruf meine Wachen und Seeleute heraus, denn ich will ihm sein Königreich entreißen. Da soll kein anderer König außer mir sein, kein anderes Reich als mein eigenes. Bis in die vier Ecken der Erde werde ich herrschen.‘

Und er sandte seine stürmenden Heere hinaus nach Dortenland. Dessen üppigen Felder wurden zu Schlammseen und seine Häuser und Tempel zu Ruinen gemacht, seine Schlösser wurden geplündert, seine Könige und jungen

Männer erschlagen, seine Jungfrauen geschändet, seine Kinder und alten Frauen ermordet.

Aber der Rubin von Dortenland strahlte neben dem anderen Rubin im Haarband des unheilvollen Königs.

Und er rief seinen Aufsehern und Kammerherren zu: ,Mein Reich ist größer geworden, und es gibt jetzt zu Lande oder zur See keine weiteren Könige mehr.'

Peitscht meine Sklaven mit euren Geißeln aus, oh Aufseher, besteuert meine Leute, oh Satrapen, und laßt sie das Dortenland wieder aufbauen und neue Paläste für meine Geliebten und Tempel für meine Götter errichten.'"

Und der Erzpriester warf die Flamme in das Feuer und sagte: „Du bist der König der blutbefleckten Orte, der verlassenen und geschleiften Städte. Dein sind die ermordeten Frauen mit Kind, die geschändeten, die brutal dahingeschlachteten. Dein sind Tyrannei und Verfolgung, die Angst verwundeter Tiere, die Opferung der Unterdrückten und Geplagten. Dein sind die Seufzer der Sklaven, das Pfeifen der Peitschen, der Schweiß der übermäßigen Arbeit, oh Meister Mars, oh Gott des Krieges!"

Da packte mich der Jammer, und ich rannte wie eine Besessene davon aus diesem schwarzen Haus von Mammon und Mars mit seinen Klagelieder anstimmenden Priestern, seinen höhnischen Litaneien, seinen endlosen Opfern menschlicher Seelen, seinen geschmolzenen Schweinegöttern inmitten seiner gewaltigen, unersättlichen Feuer.

Als ich durch die bronzenen Tore hinaus und über die Zugbrücke eilte, hörte ich wieder das Bellen von Hunden und das eintönige Stöhnen.

Und als ich den Langen Pfad der Verlorenen erreichte, da fegte eine Meute Jagdhunde im Sturm an mir vorbei.

Einige waren gelb wie eine Flamme, einige rot wie ein Feuer und andere schwarz wie die Nacht. Und sie röhrten und brausten wie der Wind.

Während ich sie fassungslos anstarrte, da ertönte das Klappern von Hufen, und siehe da! Auf einem großen weißen Pferd mit einem Kristalljuwel, das zwischen seinen Augen saß, und dessen Mähne im Sturm flatterte, ritt ein in Schwarz gekleideter Engel, der jene klagende Musik auf einem silbernen Horn blies.

Er hatte weder Sattel noch Zügel oder Steigbügel, und doch ritt er rasend schnell in der Art von Gottes Legionären.

Ich packte ihn an seinem Gewand und rief: „Jägersmann! Jägersmann!"

Er hielt einen Augenblick inne und fragte:

„Was begehrst du?"

Und ich sah, daß sein Gesicht weiß und traurig war wie das von einem, den die eisigen Winde traktiert haben. Sein Haar war taufeucht, und seine großen Flügel waren vom Regen zerzaust.

Ich sagte: „Was für eine Meute ist dies?"

Er sagte: „Die Spürhunde Gottes laufen den Langen Pfad der Verlorenen hinunter. Die schwarzen Hunde sind die Augenblicke der Pein, die roten die der Leidenschaft und die gelben die der Gewissensbisse. Wir sind einer menschlichen Seele hart auf den Fersen, die nach dem Haus von Mammon und Mars sucht."

Ich sagte: „Oh Jägersmann, wer bist du?"

Dann lächelte er mich mit der Betrübnis seiner Augen an und antwortete:

„Das Ewige Gewissen."

Und er blies ein schwermütiges „Halloo! Hallo!" auf seinem silbernen Horn, schüttelte sich von mir los und war hinter der kläffenden Meute verschwunden.

Und ich schrie in panischer Angst auf und erwachte.

II

Ein Kriegsgesang

Ich träumte von einem Weg, der war schwarz von der Nacht und verlassen.

Es war eine hügelige Straße, und der Wind klagte sie trübselig hinunter wie eine verlorene Seele, die draußen in der Kälte gelassen wurde.

Und einer ging an mir vorbei mit eilenden Füßen, dessen Gesicht bedeckt war, und ich konnte hören, daß er weinte.

Ich rief: „Bruder, wer bist du?"

Er sagte: „Ich bin die Liebe, die vergehet" und eilte weiter.

Aber als er sich entfernte, sah ich einen auf mich zukommen, der ebenfalls verhüllt war und der schweigend dahinging. Er blickte nicht auf die Liebe und die Liebe nicht auf ihn.

Ich sagte erneut: „Bruder, wer bist du?"

Er sprach: „Wer sollte kommen, wenn die Liebe vergehet?"

Und er hob seinen Schleier ein wenig, sodaß ich sein Knochengesicht und seine Augenhöhlen voller Finsternis sehen konnte.

Und der Tod ging mit langsamen Füßen vorbei.

Dann wurde die Straße vor mir rot und Blut lief darauf und plätscherte. Und eine Prozession von abscheulichen Monstern, die mit Trauerflor vermummt waren und die Banner und Wimpel trugen, marschierte sie hinauf. Auf der Fahne des vordersten, dessen Haut mit stahlfarbigem Schorf bedeckt war, stand „Krieg" in Blutrot geschrieben. Auf der Flagge des nächsten, der einen gegabelten Bart hatte, stand „Plünderung", und auf der dritten, die von einem mit Hörnern auf dem Kopf getragen wurde, stand „Trunkenheit". Die Flagge eines anderen, der von Fleisch so massig wie ein Berg war, stand „Völlerei und Habgier", auf der eines vierten, der verträumt war und diebische Augen hatte, „Feuer". Auf der eines sechsten, der Fledermausflügel und Finger hatte, die ganz knorrig und blutbefleckt waren, hieß es: „Endloses Gemetzel", während das siebte, dessen Vampirmaul zuckte und

lutschte, ein Banner mit der Aufschrift: „Die Höllenqualen"
trug.

Hinter ihnen kam eine große, in Schwarz drapierte Bahre,
die von vier kohlschwarzen Streitrossen mit wippendem Fe-
derschmuck gezogen wurde, auf deren Köpfe sich Schilder
mit den Worten „Qual" und „Pein", „Hungersnot" und Dürre"
befanden.

Außer einer Krone mit rot gefärbten Dornen befanden sich
auf diesem Sarg keine Kränze.

Und niemand folgte ihm. Die Pferde wateten knietief in
dem fließenden Blut auf der Straße, das um sie zischte.

Ich rief den Ungeheuern zu und fragte: „Wessen Begräbnis
ist das?"

Sie brüllten: „Wir begraben den Friedensfürsten."

Während sie vorbeigingen und ich sie in Grauen verloren
anstarrte, erschienen da weitere Monster, die zwei Kreuze
mitschleppten und schwitzten und heiser fluchten.

Ich sagte zu denjenigen, die das vordere Kreuz durch das
Blut zerrten: „Was soll das sein?"

Sie gaben zur Antwort: „Dies ist das Kreuz aus Weißdorn-holz, an dem Christus vor zweitausend Jahren hing."

Und sie mühten sich weiter.

Ich sagte zu denjenigen, die mühevoll hinterhergingen: „Was für ein Kreuz ist das?"

Sie sagten: „Dies ist das Eiserne Kreuz, an dem man Christus heute gekreuzigt hat. Wir sollen sie für den Fall auf beiden Seiten seines Grabes aufstellen, daß er wiederauf-ersteht."

Und sie polterten weiter.

Aber über dem Wind gellten wie eine unheimliche Klage die Stimmen der Monster: „Wir begraben den Friedensfür-sten! Wir begraben den Friedensfürsten."

Und in meinem Traum fiel ich mit dem Gesicht nach unten in das Blut und weinte dort auf dieser öden Straße.

III

Die neue Schöpfung

Ich sah in einer Vision einen finsteren Ort, wo Hexen um den Kessel der Welt herum ihn anbeteten. Ihre Gesichter waren abgespannt und häßlich, ihre Roben waren grau, und als ich genauer hinsah, erkannte ich, daß es sich bei ihnen um die Moiren handelte, die bei den Griechen als die drei Parzen und bei den Wikingern als die Nornen bekannt waren.

Sie richteten ihr Preislied an den Kessel: „Erhebe dich! Erhebe dich!"

Aus seinen Dünsten erhob sich dort Nasr, der adlerköpfige Gott von Assyrien, spritzte Gift aus seinem Schnabel und hielt einen Tannenzapfen in seinen lüsternen Händen.

Dann kam die Gestalt eines hebräischen Patriarchen und schmetterte den Baal nieder.

Aber darauf stießen die Hexen wiederum ihren elfischen Schrei aus: „Erhebe dich, erhebe dich!"

Da erschienen der Stier Ägyptens mit seinem Gebrüll, Griechenlands Pan mit seinem Geißbart und Luzifer mit engstehenden Augen und in Blutrot gehüllt.

Aber dann näherte sich ihnen Christus weiß und still mit dem Kreuz in seiner durchbohrten Hand hoch erhoben.

Und der Stier fiel zurück in den Dreifuß, Pan starb mit einem Schrei wie von Stimmen über den Wassern, und auch Luzifer war überwunden.

Christus schwand, aber wiederum klagten die Hexen lauter, verbeugten sich und kreisten und redeten daher. Die Flammen des grausigen Kessels wandelten sich zu Grün und Safran, und aus diesen erhob sich eine Gestalt schrecklicher als alle, die zuvor gegangen waren.

Sie hatte eiserne Hufe und einen blonden Kopf, der mit blutfleckigen Dornen gekrönt war. Auf seiner Stirn befand sich das Kainsmal, seine Augen waren die Schlitzaugen des Schweins, sein Mund plapperte von Lust und Plünderung und Verlangen. Blut gerann auf seinen Armen, welche die Bibel auf der Spitze des Schwertes in die Höhe hielten. Sein

Körper war aufgedunsen von Blut wie der eines Vampirs. Trunken vom Höllenwein taumelte er aus dem Kessel hoch.

Wo er ging, schoß eine Flamme über die Erde und verschlang sie. Da waren das Wehklagen von Frauen, das Stöhnen von Männern und das Schreien von Kindern.

Die Parzen tanzten und heulten: „Antichrist. Seht! Der Supermann!"

Dann stürzten die Kirchen ein und waren nicht mehr. Und die Häuser stießen in Verwüstung zusammen, die Mais- und Weizenfelder wurden aufgezehrt.

Und das mächtige Biest küßte die Bibel auf der Spitze des Schwertes.

Aber sehet! Da erschien vor ihm ein sehr kleines Kind, das kaum auf seinen Beinen stehen konnte. Wunderschön und rosig war es und mit den Friedensblumen bekränzt. Es torkelte durch das Blut und das Feuer des Landes und blieb unversehrt.

Es sagte zu dem blonden Biest: *„Oh, du Biest der Zeitalter, ich bin die Neue Welt, wo es dich nicht gibt. Dein seit Äonen bestehendes*

Reich ist vorüber, dein Gewicht ist als zu leicht befunden worden:
Die Dämmerung kommet, und es wird Licht sein."

Und sehet! Der Tod packte sich das blonde Biest, und es sank nieder in den Schlamm.

Da flog der Kessel der Hexen in die Luft, und die Parzen saßen allein da, kauerten sich in panischer Angst vor dem kleinen Kind zusammen.

IV

Ein Festgesang

Ich erblickte Christus, der auf einem Bett aus Elfenbein und Gold schlummerte, das rundum mit purpurnem Samit behängt war. Und dieses Bett stand in der Kammer eines Palastes, der ganz aus Marmor glatt wie Wasser bestand. Seine Terrassen waren wie die von Babylon und voller singender Vögel. Und er war auf einem hohen Hügel zwischen Himmel und Erde errichtet.

Christus schien zu träumen, denn sein Gesicht war von einem Lächeln erleuchtet.

Aber dann hörte ich Stimmen, die sich aus der Erde erhoben und sagten: „Wir haben viele Millionen Biester gemetzelt. Eine Armee von Biestern haben wir umgebracht, in eng geschlossenen Reihen haben wir sie zusammengetrieben, sie füllten das heillose Durcheinander mit ihrem Gestank und ihrer Qual. Wir haben den Ozean nach Fleisch, die Luft nach Fleisch und Federvieh durchstreift: Da war ein mächtiges Gemetzel."

Das Antlitz Christi sah dann gequält aus in seinem Traum, und er stöhnte.

Ich sah zwei Dämonen die Treppen des Palastes hinaufsteigen und die schöne Kammer betreten, wo er lag. Und sie trugen miteinander ein Kreuz. Und dann stellten sie es sogleich auf dem Hügel auf.

Dann sprachen da andere Stimmen und sagten: „Wir wollen Weintrauben in Bottiche pressen und Hopfen brauen, die Böttcher rufen, damit sie uns zahllose Fässer binden. Menschen werden sich betrinken und dann irre sein, und wir werden unsere Schatzkammern an ihrer Nacktheit füllen."

Und der schlafende Christus erhob sich von seinem Bett, und seine Augen liefen vor Tränen über.

Die beiden Dämonen packten ihn und banden ihn an das Kreuz.

Als Nächstes erhob sich da eine andere Stimme und sagte: „Wir werden ihren schönen Körper in Blutrot und Düften herausputzen, sodaß sie Männer ihrer Stärke entkleidet, und diese werden uns der Hure Preis in Gold geben, nach dem wir trachten."

Da kamen zwei andere Dämonen und schlugen Nägel durch die vernarbten Wunden in seinen Händen und Füßen.

Und das Geräusch ihres Hämmerns erfüllte mich mit Abscheu.

Wiederum war da eine Stimme zu hören, die sagte: „Wir werden von den Leuten in dieser Jahreszeit zum Wohle der Heiligen Kirche Abgaben und Steuern verlangen. Wir werden den Schrecken der Hölle in ihre Herzen einschlagen, und der Bauer soll uns all sein Gut liefern, um unsere Abbilder zu kleiden. Auf seinem Blut und seinen Knochen werden die großen Mauern errichtet werden.“

Da kamen zwei weitere Dämonen, und der eine trug eine Schale mit Galle und der andere einen Schwamm mit Essig auf einem eisernen Speer.

Sie gaben ihm von der Galle und dem Essig zu trinken, und ihre Bitterkeit war in meinen Nasenlöchern.

Ich hörte eine weitere Stimme, die sagte: „Sie haben Gold weggeschlossen in ihren Schränken, und wir leiden Hunger. Sie haben Juwelen, die in ihren hohen Kronen sitzen, und uns mangelt es an Brot. Laßt uns sie für Gold umbringen, laßt uns sie für Gold schänden, laßt uns unaussprechliche Gewalt ausüben. Laßt uns Kriege und Revolutionen anzetteln, laßt uns bestialisch und brutal sein. Laßt uns unseren Gott, unsere Ehre, unsere Ideale aufgeben. Laßt uns das Goldene Kalb aufstellen und nur Mammon anbeten."

Da kamen zwei weitere Dämonen. Sie trugen eine Dornenkrone, und sie drückten sie ihm so tief auf den Kopf, daß ich die Blutstropfen über seine Stirn perlen und sich ergießen sah.

Aber selbst als er da erneut gekreuzigt hing, schwoll ein feierlicher Gesang aus einer Menge von Kirchen und Kathedralen auf der Erde. Ich hörte die Stimmen von Priestern und Leuten, die sich in Gesang und Hymnen erhoben.

Sie sangen: „Oh, Retter der Welt, oh, gesegneter Jesus, der du jetzt in den Tälern von Eden wandelst und unsere Seelen durch deine eigene kostbare Qual gerettet hast: So begehen wir den Jahrestag deiner Geburt. Siehe! Wir haben dir ein Fest des Friedens und des guten Willens bereitet."

Und Christus krümmte sich in seinem Leid, während sie sangen.

Aber die Dämonen am Fuße des Kreuzes plapperten:

„Amen, Amen.“

V

Der Gesang von falschen Göttern

Ich traf einen in Silberflammen gekleideten Engel mit Beryllfüßen und einem Heiligenschein wie Bernstein.

Er zog einen Schleier vor mir zurück und sagte: „Dies war Ninives Liebesgott."

Ich sah einen schönen jungen Mann, hellhäutiger als Elfenbein, gekrönt mit einem Kranz von Anemonen. Und um ihn herum riefen vestalische Stimmen: „Thammuzi!" und „Adonais!"

Und er verschwand.

Aber der Engel zog einen weiteren Schleier zurück und sagte: „Dies war Griechenlands Liebesgott."

Ich sah Eros, den gelächtertrunkenen Jungen mit seinen funkelnden Augen und seinem Köcher voller Pfeile mit goldenen Spitzen.

Und auch er schwand vor mir.

Doch der Engel zog einen dritten Schleier zurück und sagte: „Und dies ist der Liebesgott der Christen."

Ich erblickte Christus, wie er den Kalvarienberg hinaufkroch. Der Schweiß seiner Qual stand auf seiner Stirn, und sein Gesicht war aschefarben vor Schmerz.

Ich sagte zu dem Engel: „Gewiß ist dies nicht allein ein Liebesgott?"

Da lächelte er mich traurig an und gab zur Antwort: „Kind, er trägt das Abbild des christlichen Liebesgottes auf seinem Rücken."

Ich starrte auf das schwere Kreuz und erwachte so zu meinem bitteren Wissen.

VI

Ein Gesang von der Rangordnung

Mir träumte von einem grünen Garten, wundersam anzuschauen.

Die Bäume raschelten mit den verlorenen, geheimnisvollen Liedern des Paradieses, seine Wasser murmelten wie die Seelen von Liebenden, die froh sind, die Lilien entzündeten ihre Thuribula, die Kelche der Rosen öffneten ihre honigsüßen Herzen.

Ich spürte, daß ich mich ungesehen durch die Tore von Eden gestohlen hatte. Ich erschauerte angesichts der unmittelbaren Nähe Gottes und lauschte auf seine Schritte in den Lauben.

Ich sagte: „Ich spüre die Liebe seines Lächelns, den Kuß seiner Lippen und die unendliche Freude seiner Hände."

Aber sehet! Eine Dunkelheit verschleierte den Mond, und die sanften Hügel hinunter kam da ein großer Engel mit hoch aufragenden Flügeln an seinen Schultern und rabenschwarzen Flügeln auf seinem Kopf, die schweiften und klagten.

Seine Gewänder waren purpurn, seine Augen waren unnachgiebig von schwarzen Feuern, und Schweigen barg sein Gesicht.

Der schreckliche Engel packte mich bei den Haaren. Ein Donnerschlag erschütterte den Garten, und seine grünen Räume stöhnten wie eine Frau in den Wehen.

Und ein Abgrund öffnete sich während des Donners genau in der Mitte zwischen seinen Enden.

Die Hände des Engels umfaßten mich wie Feuer, und er hielt mich über die Schlucht und sagte: „Siehe! Siehe!"

Ich sah die Welten mit Schreien des Schreckens und der Verzweiflung durch abgründiges Nichts fallen.

Ich sah, wie die Wälder sich zu Mooren wandelten, wo Schleim in grünen Hexenfeuern lag.

Ich sah, wie die Meere austrockneten und Kontinente sich an ihren versiegenden Quellen entfalteten. Und Land fiel in wirbelnde Wasser und war mit all seinen Städten und Menschen nicht mehr. Und Ebenen schrien und brachten Gebirgsketten hervor, und Berge erstarben zu Wüsten.

Und alles war Qual ...

Ich sah die Sonne auf einen Wald scheinen, in dem Schlangen durch das Gras krochen. Auf jedem Blatt jedes Baumes wanden sich zahllose Parasiten, auf jeder Blüte gedieh ein Wurm, und jeder Stamm trug Dornen und Gifte ... Ich erblickte ein großes Kreuz, das in den Himmel emporragte und an dessen Fuß Menschenmassen beteten und sangen.

Aber eine Fäule erfaßte den blasigen Wald, er brach schreiend auseinander und zerschmetterte diejenigen, die unter ihm lagen.

Und da kamen Priester und trieben Scharen von Sklaven mit Peitschen herein, die aus Lügen geschnürt waren, und damit geißelten und quälten sie sie. Sie nahmen das Holz dieses gefallenen Kreuzes und bauten Tempel auf dem Blut und den Knochen derjenigen auf, die umgebracht wurden.

* * *

Eine Taube flog vor mir im Golf, und ein Adler packte und zerriß sie. Ein Schlange biß den Adler, während er speiste, und ein Löwe rang die Schlange nieder. Ein Mann fing den Löwen und erschlug ihn mit einer Keule, und ein Monster brachte den Mann um, und einer tat sich gütlich an dem anderen in der grausamen Rangordnung von Macht ...

Ich sah Schönheit sterben wie einen gefangenen Vogel in den ehebrecherischen, unwandelbaren Händen der Wollust.

Als ihre liebreizenden Augen von den Schleiern des Todes glasig wurden, warf er sie nieder, und sie flatterte schlapp hinweg in den Schlamm.

Und er zertrat sie unter seinen Füßen, und sie war nicht mehr ...

Ich sah Reichtum in seinem Tempel aus Gold und Silber sitzen, dessen Fenster mit Juwelen eingefaßt waren.

Er lachte und webte sich Gewänder von großer Seltenheit und großem Wert.

Draußen stand die Armut mit ihren bloßen Füßen und ihrem vor Hunger abgemagerten Gesicht, klopfte an die Türen und rief: „Öffne, öffne, denn ach! Ich ermatte!"

Aber das Gold der Türen war dick, und die Hände der Armut waren schwach, und der Reichtum hörte sie nicht, denn er sang von seiner eigenen Zufriedenheit ...

Ich sah den Gott der Liebe bleich und betrübt, als er auf den Knien von Aholah und Aholibah lag, den Dirnen der Zeit mit ihren Gewändern in Blau und ihren blutroten Schuhen.

Das Gesicht des Gottes der Liebe war grau, und seine Lippen waren zu müde, um zu lächeln.

Sie scherten ihm seine goldenen Locken ab und stahlen die goldenen Pfeile aus seinem Köcher ...

Ich sah den Krieg, wie er über die Felder des Todes ging, die voller roter Rosen und weißer Lilien waren.

Der Krieg zeigte sich in Gestalt eines gewaltigen Schweins mit gepanzerten Hufen und einem grausamen Rüssel. Seine Augen waren die unersättlichen, blutrot durchschossenen Augen eines Teufels.

Und sehet! Die Blumen seufzten, als er sie erdrückte und aufwühlte.

Und als ich genauer hinsah, erkannte ich, daß die Rosen all die gebrochenen Herzen von Liebenden und Müttern und die Lilien die lieben weißen Gesichter der Toten waren, die nicht mehr kommen.

Aber das Kriegsschwein saugte den roten Herzenstau der Rosen ein und schnüffelte den weißen Weihrauch der Lilien auf. Überwältigt von Dünsten und Gerüchen schwankte es wie ein Betrunkener, und seine Kiefer erbrachen Blut.

Und es ging weiter über diese klagende, verwüstete Blüte seiner Ernte ...

***

Ich hörte eine einsame Stimme, die durch die Unendlichkeit weinte und seufzte.

Es war die Stimme einer Frau.

Sie sagte: „Ich bin die Tochter der Zeitalter.

Warum haben sie mir Gewalt angetan, wenn ich ihnen doch die Ältesten der Pforte und die Messiasse der Welt offenbart habe?

Der Menschensohn wurde gekreuzigt, aber sie nahmen ihn vom Kreuz ab, und er ist wiederauferstanden. Aber mich kreuzigten sie, und wegen der Gabe des Lebens, die in mir ist, ließen sie mich durch die Jahrhunderte hängen. Sie spuckten mich wegen des Daseins an, das ich ihnen schenkte, und verspotteten mich, weil ich das Gefäß ihres Blutes und das Korn ihrer Speicher bin.

Sie nehmen mich nicht von dem Kreuz ab, und ich kann weder sterben noch auferstehen.

Sie krönten ihn mit einer Dornenkrone, aber mich mit einer Krone aus Schlamm.

Der Abfall der Welt lastet schwer auf meinem Kopf.

Ihr habt alles für den Sohn getan, aber was habt ihr für die Tochter getan?" ...

Ich sah den Menschen vor dem Teufel ganz in blutrotes Feuer gewandet.

Aber der Teufel fiel dem Menschen zu Füßen, duckte und erniedrigte sich und sagte: „Du bist mein Herr und Meister, denn du hast mir die Hölle aus den Händen genommen."

Und der Mensch versetzte ihm einen Fußtritt und lachte mit einem Gelächter, das schrecklich und spärlich anzuhören war.

Und der Mensch sagte: „Wahrlich, das Königreich lieget drinnen."

* * *

Dann schwanden die Visionen, der Golf verschloß sich, und der Garten grünte erneut um mich herum, während ich wie eine Tote und Erschöpfte zu Füßen des purpurnen Engels lag.

Ich weinte, bis meine Tränen mein Herz mit Feuer verzehrten.

Aber der Engel bückte sich, und das Rabenschwarz seiner Flügel schirmte mein Gesicht.

Er sagte: „Kleine Schwester, da waren einmal zwei Kinder, die von ein und derselben Mutter zur selben Stunde geboren wurden.

Und als sie in ihrem Schoß lagen, da kamen zwei Engel, einer zur Rechten und einer zur Linken von ihr.

Der Engel zur Rechten berührte die Augen des einen Babys mit der goldenen Feder der Freude.

Aber der Engel zur Linken berührte die Stirn des anderen Babys mit der schwarzen Feder der Sorge.

Und von Sterblichen ungesehen trugen diese Kinder die Siegel der Freude und der Sorge auf ihren Stirnen.

Das freudvolle Kind sah alles mit Sonnenscheinaugen. Ihre Welt war strahlend, ihre Morgenröten waren rosig, und ihre Nächte waren zart und blau.

Da kam zu ihr ein Prinz, der in Brokate und feine Gewänder gekleidet war. Und er liebte sie, und im Laufe der Zeit wurde sie eine große und glückliche Königin.

Aber das sorgenvolle Kind sah nur Dunkelheit im Hause der Sonne.

Sie sah Grausamkeit, Krankheit und Verfall und die Tränen der Armen und hörte den Schrei der Gefallenen.

Doch auch zu ihr kam einer, der sie liebte. Aber er betrog sie, und sie wurde verstoßen und wanderte durch die Straßen und öffentlichen Plätze.

Einmal nun, als ihre Schwester, die Königin, in unschätzbarer Kleidung und mit Perlen und Hyazinthen gekrönt vorbeiritt, sah sie dieses arme Wesen in der Gosse am Wege sitzen.

Die Königin erschauderte, aber ihr milchweißer Zelter ging unversehens rasch vorbei.

Und die Königin seufzte und sagte: ‚Ein wenig waren ihre Augen wie die der Schwester, die gestorben ist und mir verlorenging. Aber da ist kein solches Leid und Elend auf dieser schönen Erde. Ich frage mich, wie ich dazu kam, einen bösen Traum zu haben?‘

Die arme, zerschrammte, ermattete Schwester, die allein inmitten des Abfalles saß, sagte: ‚Wo habe ich so reizende seegrüne Augen zuvor schon gesehen? Nein, es kann niemand sein, die ich kannte, denn es gibt in dieser elenden Welt keinen solchen Reichtum und auch keine Freude. Ich wundere mich darüber, daß ich dieses seltsame Trugbild sah.‘

Und sie starb über Nacht an Kälte und Krankheit und Verwahrlosung.

In der Stunde ihres Todes tanzte ihre Schwester im Palast zu Flöten- und Tamburinmusik...“

Ich weinte noch mehr und sagte: „Du sprichst in Rätseln.“

Und der schreckliche Engel sagte: „Das Leben ist ein Vogelfänger mit zwei Netzen. Das eine ist Freude und das andere Sorge, und er fängt viele Vögel.

Doch das Leben eines Vogels ist kurz, aber seine Seele gehört zu den immerwährenden und trägt die unverwelkliche Blume der Unsterblichkeit.

Warum kettest du deine Seele an die flüchtigen Freuden und Leiden dieses vergänglichen Vogelfängers, Leben?"

Und ein großes Licht brannte um den Engel in strahlenden Streifen.

Er lächelte mir zu und sagte: „Ich bin der Tod."

Das Licht entfaltete sich in Bannern und Flaggen, und sehet! In ihren Schriftrollen sah ich die himmlische Stadt mit all ihren breiten Straßen, die von Blumen schillerten, ihren Liebestälern, ihren Sangesmenschen.

Ich hörte die Freudenrufe der Söhne des Morgens und die flüsternde Musik der azurnen Hügel.

Ich würde mich an die Füße des Todes geklammert und geschrien haben: „Hebe mich empor, sodaß auch ich leben kann!"

Aber der Tod schwand von mir, und seine rabenschwarzen Flügel wurden still ...

Und ich war allein in dem Garten.

Epilog: Der wandernde Musikant

Oder: Ein Lebensgesang

Oben an dem gepflasterten Abhang, der zwischen den Türmchen hinaufführt, die aufeinander zu sich lehnen, traf ich den wandernden Musikanten. Er hatte den Geruch von Seebäumen an sich, seine Kappe war weiß wie die Gischt, seine Schuhe waren grün wie die Wellen, und er spielte auf einer Flöte eine solche Lautenmusik, daß mir das Herz stehenblieb und mir die Augen überliefen.

Ich ging hinter ihm her, obwohl ich nicht wußte, woher er kam oder wohin er sich begab. Und als er mit dieser mehr als Musik aufhörte, sagte ich: „Wer bist du? Denn du hast mich meines Geistes mit einer schnarrenden Saite beraubt. Deine Laute ist wie der Gesang der Sirenen und hat Magie in sich."

Er sagte: „Ich bin das Leben, der Bruder der See, denn alle Dinge sind daraus entstanden."

Ich sagte sodann: „Wo hast du diese Harmonien erlernt?"

Er sagte: „Aus der Bewegung des Geistes, der über den Wassern war, bevor der Grundpfeiler der Welt errichtet wurde, bevor es auch nur die Erfindung der Zeit oder meinen Schnellwechsel von Tod gab ...

Denn du mußt wissen, daß mein ganzes Gebäude nur ein Musikstück und die große Sonate der Sphären ist, während jeder, der lebt, eine Note ist, die von den Musikanten gespielt wird. Einige Noten sind stürmisch, einige düster, wild oder fröhlich, andere volltönend und viele leicht und seicht. Einige von großer Bedeutung und andere nur Schnörkel in der Begleitung. Einige sind gedämpfte Noten und anderen Pausen oder Modulationen, während noch andere niemals gespielt werden, da sie nur Schatten und lautlose Stellen von Musik sind.

Einige sind gefangen im Strudel tosender Phantasien oder erhalten niemals einen individuellen Ausdruck, sondern sterben in der Masse und Kraft des Themas, und andere stehen allein und schreien laut, und ihr Schreien wird von weitem gehört. Aber alle haben Eigenschaften, Leidenschaften, Talente und Temperament, ihnen sind Gaben, Grenzen, Ort und rechte Zeit gegeben, und sie haben ihre göttlichen, sterblichen und dämonischen Kräfte.

Zu dieser Musik bewegen sich die Engel im Rhythmus und die Teufel im Zechgelage, die Sterne drehen sich, die Sonnen sterben, und die Monde werden geboren. Ihre Melodie ist die Sprache der Erdenkönige im Konklave, der gellende Schrei der Möwen am Ufer, das gereizte Schwirren der Mücke, der Diapason von Ozeanen, die preisliedartige Hymne des Passatwindes, der die versammelten Wasser der Welt bewegt, der Gesang des Grashüpfers in der Sommerhitze, das schläfrige Summen von Bienen, Gottes Vorschrift über den Bereich des Seins hinaus.

Christus schrie sie am Kreuz heraus, und die um die Kerze flatternde Motte wiederholt sie, es gibt keinen Bruch in der Stetigkeit dieses universellen Oratoriums. Der kleinste freigesetzte Klang reist unsterblich durch Welle auf Welle meiner Musik. Äonen von Jahren lang wandert er, durch umlaufende Sterne geht er hindurch, Räume durchqueren kann niemand in das endliche Wort der Sprache hinein, und auch

kann sie dein Geist nicht erfassen, bis sie die ihren festgeleg-
ten Gesang in den quellenden Harmonien um Gottes Thron
ausbringt und laut zu ihrem Schöpfer ruft. Rein durch die
Räder der Zerstörung, durch Meuterei und Evolution, ver-
schmolzen zu neueren Leben und Inkarnationen manife-
stiert sie sich vor dem Großen Musiker.

Und so mache ich meine Musik und komme singend her-
auf von der See ...“

Und als das Leben seine Lippen mit begierigem Feuer wieder zu dieser mystischen Flöte neigte und ich atemlos auf
seine Rhapsodien wartete, verschwand es mit dem gepflasterten Abhang und den sich lehnenden Türmen vor mir, und
siehe! Ich war wach.

Anhang: Zulalie Laila

„Der Tod ist ein schwarzes Kamel, das vor jedermanns Tür kniet."

Orientalisches Sprichwort

„Eine Alte färbte schwarz die Haare:
Mütterchen, sprach ich, so grau und alt,
Künstlich kannst du dir die Haare schwärzen,
Krumm bleibt doch des Rückens Ungestalt."

Saul (Saadi)

D er Muezzin rief laut über die Hausdächer hinweg, als ob er der Sonne zujubelte, die im Osten aufgeht, wo alles seit dem Anfang der Welt erwacht ist. So hatte einst der ägyptische Priester gestanden, als er den Aufgang von Chepre über dem Nil verkündete, so hatte der Druide sie gesehen, und so blickten die Griechen auf Phoebus Apollo, der sein flammendes Gespann durch zurückweichende, finstere

Schleier trieb ... Und wie ein Gott dräute die Sonne über Akanir, der persischen Stadt, während der feierliche Gesang des
Muezzins vom Minarett hinabtrieb und seine Botschaft von
der ewigen Wiederauferstehung und Wiedergeburt des Tages mit sich trug.

„Allahu akbar!", trug er vor. „Allahu akbar! Gott ist größer!
Gott ist größer!... Ich bezeuge, daß es keinen Gott außer Allah
gibt!... Ich bezeuge, daß Mohammed Allahs Apostel ist.
Kommt zum Gebet. Kommt zur Erlösung. Gebet ist besser
als Schlaf ... Lā ilāha ilā 'llāh ... Es gibt keinen Gott außer
Gott!"

Der Ruf erstarb in der Luft, und Licht drängte zügig in seinem Gefolge herein. Auf einmal rührte sich die Stadt und
streckte sich am Rande der Wüste. Herden begannen am
Ufer zu trinken, die Tauschhändler erschienen auf den öffentlichen Plätzen, der Basar wurde geöffnet, und das Ge-
wimmel des Morgens fing an.

Aber Zulalie Laila schlummerte fest in ihrem Haus, von
dem aus man die Stadtmauer und den Fluß überblickte.

Denn sie wurde alt, und ihre Augenlider beharrten stärker auf der Wohltat des Schlafes als vormals, während ihre Lippen, deren Mohnblumenrot verblaßte, gierig nach seinen betäubenden Trünken trachtete. So lag sie denn auf ihren magisch mit Krapp und Kamelblut gefärbten Teppichen, ihr kleines dunkles Gesicht der Wand zugewandt.

Zulalie Laila war die Tochter beduinischer Araber. Ihr Vater war Dattel- und Olivenverkäufer auf den Märkten Persiens und Arabiens gewesen, und ihre erste Jugend hatte sie in Zelten und auf Karawanen verbracht, die von Stadt zu Stadt durch die Wüste krochen. Sie hatte ihre Mutter früh in einem Sandsturm verloren, der die Hälfte ihres Nomadenclans und sämtliche Lasttiere gekostet hatte. Doch Zulalie Laila konnte sich nur schwach an den Wirbel und die beißende Schärfe des Sandmonsters erinnern. Immer noch sah sie die opalenen Wolken, die schwankten, wogten, wie Tänzer in einem Kreis sprangen und die Sonne in Abgründen von Schwarz verschlangen.

Sie war ein sehr eigensinniges Kind von einer seltsamen Schönheit und erregte oft den Zorn ihres Vaters, denn er war von Natur aus grausam und grob. Ihre einzige Liebe war ihr Bruder, ein geübter Musiker, der nahezu jede Art eines östlichen Instrumentes von Claff und Flöte bis hin zu den indischen Zel und Sitar beherrschte. Er brachte ihr viele Melodien bei, die dem vernachlässigten Mädchen eine Quelle der Freude waren. Wenn sie eine Stadt erreichten, nahm er sie oft mit, um den Märchenerzählern in irgendeinem arabischen Kaffeehaus zu lauschen, und sie hockte dann an seiner Seite auf dem Fußboden inmitten von Weihrauchdämpfen und blubbernden Wasserpfeifen, hörte arabischem Gelächter zu, während sie Mokka so dick wie Suppe aus winzigen Tassen ohne Henkel trank, die in einem Zarf aus Metall saßen, auf dem sich goldene Halbmonde und Sterne befanden, die sich über den Kaffee erhoben, während man trank. Es wären da wohl auch einige Männer mit einer Haut wie Pergament unter ihren Turbanen gespannt, die Haschisch oder Opium in Pfeifen rauchten, die über eine blaue Flamme gehalten wurden. Und all das übertönte die leiernde Stimme des professionellen Märchenerzählers, der sich persischer

Wortspiele bediente, um seinen Worten vielschichtige Bedeutungen zu verleihen, und er sprach von zauberhaften arabischen Nächten oder den Wundern Mohammeds, östlichen Anekdoten von Propheten, Einsiedlern, schönen Odalisken in Serails, deren Türen von afrikanischen Eunuchen bewacht wurden, oder von tibetischen Zauberern mit ihren finsteren Riten.

So war alles für Zulalie Laila recht gut gewesen, bis Ali Khan, des Pferdehändlers Sohn, in ihr Leben getreten war, als sie zwar erst zwölf war, aber eine Frau, wie der Osten seine Frauen betrachtet. Ali Khan war der Freund ihres Bruders, und er zeigte ihr, wie man auf ungesattelten arabischen Ponys reitet. Es gab nichts, was Ali Khan von Pferden, Maultieren oder Bishari-Kamelen nicht wußte. Er war inmitten von Satteltaschen geboren worden und brachte ungezähmte Rösser von einem Ende der Wüste zum anderen. Sein Vater war ein Maultiertreiber und trug den Titel eines Hadschis, denn er war mit den Gläubigen nach Mekka gepilgert. Aber beim Pferdehandel und -stehlen war er immer noch der gerissenste alte Schurke zwischen dem Roten und dem

Schwarzen Meer. Ali Khan hatte viel vom Temperament seines Vaters geerbt. Und es sollte Zulalie Lailas Kismet sein, daß er nur zwei Dinge liebte – seine Pferde und sie. Zumindest liebte er sie drei Monde lang, in denen er die Wüste für sie blühen ließ wie den Garten Shaddads, des Königs von Jemen. Seiner Pferde konnte er nie müde werden, denn sie wurden verkauft, sobald sie zugeritten waren, und neue wurden dann gekauft. Aber als Zulalie Laila zugeritten war und er ihrer müde wurde, war es zu spät.

Da er die Entdeckung ihrer heimlichen Liebschaft fürchtete, und hauptsächlich, um sie loszuwerden, aber teilweise auch, um sie vor dem Tode zu retten, der ihr sicherlich durch ihres Vaters Hand widerfahren würde, wie es nach den arabischen Gesetzen rechtens war, denn der Niedergang einer Frau entwertet die *Sharqf* oder Ehre ihrer ganzen Sippe, schmuggelte Ali Khan auf seiner nächsten Reise nach Persien, um Pferde zu kaufen, Zulalie Laila in seinem Gepäck davon.

Sobald er sie einmal sicher nach Akanir gebracht hatte, verließ er sie mit bezeichnender Gefühllosigkeit.

Von diesem Tage an war Zulalie Lailas Werdegang ein wechselvoller. Sie blieb nicht lange eine Bettlerin, denn ihre Schönheit brachte ihr weitere Abenteuer ein, und sie wurde die größte Kurtisane in Akanir, deren Name mit dem von Wesiren und des Kalifen Sohn in einem Atemzug genannt wurde. Nicht, daß sie im Kern wirklich schlecht gewesen wäre, aber sie hatte wildes Blut in sich und vor allem eine Liebesfähigkeit, die Ali Khan und ein abgewiesenes Herz der Bitternis der See und der Unbeständigkeit des Windes zugewandt hatte.

Aber jetzt wurde Zulalie Laila alt - die krönende Tragödie des ganzen traurigen Lebens einer östlichen Frau. Sie ahnte es noch nicht, obwohl des Kalifen Sohn schon seit einem Monat eine andere Geliebte hatte. Noch immer war es wegen dieses hinterhältigen Vorrückens der Zeit, daß es Mittag war, bevor sie erwachte.

Zulalie Laila gähnte mit seltsam schweren Atemzügen. Dann rieb sie sich die Augen und rief ihre Bedienerin.

„Fatma! Fatma!" Als keine Fatma erschien, gähnte sie erneut und rollte sich träge von den Teppichen hinab.

Bald darauf kam sie aus dem Bade zurück. Sie duftete köstlich und war in eine rotgestreifte weiße Decke gehüllt. Sie hockte sich auf persische Art vor ihrem Spiegel nieder und schüttelte ihr Haar aus, als sie auf ihr Abbild in dem Metall blickte.

Oh weh, da geschah es, daß Zulalie Laila ihren ärgsten Feind von Angesicht zu Angesicht traf, den Widersacher, der um sie herumgeschlichen war, ohne daß sie es merkte, und sie in Netzen gefangen hatte, die noch fast nicht wahrnehmbar waren.

Sie sah sich an, und ihre Augen weiteten sich. Schrecken und ein Ausdruck, der die Niederlage eingestand, schlichen sich in sie hinein.

Wie aus Träumen erwacht sah sie die Strähne von Grau, die ihre Locken durchzog wie eine Schneeflocke auf ihrem See von Schwarz: Die Blässe ihres Mundes, die Fältchen, die sich fächerartig in den Ecken ihrer Augen ausbreiteten, mit all ihrer Weisheit und ihrem Leid konnten sie unter dem Glanz ihrer Gesundheit nicht mehr verborgen bleiben.

Plötzlich verdeckte Laila ihr Gesicht mit den Händen wie ein Sünder, der bestrebt ist, seine Taten in der Dunkelheit zu verbergen. Schluchzend flüsterte sie wie jemand, der einen fatalen Bann ausspricht: „Weißes Haar - der Bote des Todes." Sie erinnerte sich an die Kälte des Sohnes des Kalifen, die wegzulachen sie versucht hatte, da sie das nicht verstand. Ein plötzlicher Schmerz ergriff ihr Herz wie damals, als Ali Khan sie in ihrer Jugend verlassen hatte. „Ich wußte es nicht ...", fügte sie hinzu. Und Mut fassend, als diese Dinge ausgesprochen waren, starrte sie sich erneut in dem Spiegel mit dem Gefühl an, daß sie seine Unbarmherzigkeit nie erkannt hatte.

Dann sprach sie in kühlem Ton so ihr Gesicht an: „Oh, Rose abgewirtschafteter Gärten, du hast dich überreichlich in der Sonne erfreut und bist jetzt von Falten zerfurcht. Keiner wird es allzusehr wahrnehmen, aber morgen werden sie deine Blütenblätter verstreut und davongewirbelt, deine

Pracht verwelkt und deine ausgefranste Blüte niedergeworfen vorfinden. Wer von den Flatterern dieses Gartens wird dann fliegen, um dich zu bejammern? Wird der Tautropfen in der Morgendämmerung auf dich fallen, weil die Nebel Tränen der Freude weinen, wenn sie deine Schönheit erblicken? Wird die Biene summen kommen, um deine sommerliche Süße zu schlürfen? Werden der Schmetterling und die Libelle dir ihre Flügel zeigen? Wird die Bulbul vor Entzücken über dich den Fliederbaum verlassen oder der Pfau aus Freude über deinen Duft vielmals sein Rad schlagen? Nein, sie werden plappernd durch den Garten wandeln und sagen: ‚Die Rose, die so eitel und stolz war, ist tot, ist tot!‘"

Zulalie Laila lachte freudlos über ihre eigenen Dünkel. „Tatsächlich werde ich wie ein verbrauchtes Eheweib aus dem Harem sein, das seine Falten unter dem *Yashmak* verhüllt, während ihre Augen kläglich die neueste Favoritin ihres Herrn betrachten, die mit den Juwelen und Zierden beladen ist, die ihre waren, bevor der Strom der Liebe versiegt war. Wahrlich wäre es besser zu sterben, bevor die ganze

Welt davon weiß, von meiner Schande. Denn eine Frau kann ihre Seele ohne Scham verkaufen, doch den Verlust ihrer Schönheit kann sie niemals verhehlen."

Aber dann schrak sie zusammen. Trotz all ihrer arabischen Wildheit war sie immer ein Feigling gewesen. „Tod!", murmelte sie und zog ihre jetzt blutlosen Lippen ein. „Wehe mir ... Und doch wäre es die weisere Wahl." Sie ballte die Fäuste, seufzte nervös und starrte mit Augen in den Spiegel, die sich der Farblosigkeit ihrer Zukunft nicht entziehen konnten.

„Wenn Ali Khan gewesen wäre, wie ich dachte", sinnierte sie, „oder wenn ich einen gehabt hätte, der mich liebte." Dann kam ihr wieder dieser Gedanke des Sterbens, bevor sich die Welt hämisch an ihrer Häßlichkeit, ihrem völligen Mißerfolg erfreute, bevor sie ihre Liebhaber verlor und sich wie ein Traumbuch in einem staubigen Schrank verbergen mußte. Aber das Gespenst des Todes, die panische Angst davor ließ sie bis auf die Knochen frieren. Tod, der kalte, der unabänderliche, der schmerzensreiche. Sie dachte an ihre Glieder, wie sie in der Erde vermoderten, und an das Jüngste Gericht.

Würde sie über die messerscharf schmale Brücke zur Unterwelt in die Dschahannam hinabgeschleudert?

Aber plötzlich lächelte Zulalie Laila unheimlich, und ihre Augen wurden von ihrer Eingebung golden.

„Oh, Tod", sagte sie, „warum mache ich dich zu diesem Monster des Grauens? Bist du nicht gnädig und errettest mich vor der Einsamkeit des Alters und der Sorge, die sich über meine Lebensspane dahinziehen? Ja. Tod, du sollst mir keinen Schrecken einflößen. Ich hatte viele Liebhaber und viele lange, auserlesene Stunden der Liebe. Aber von all meinen Liebhabern will ich dich zu meinem letzten, idealsten, allermeist geliebten machen. Ich will dich umwerben, wie eine Frau einen unschätzbaren Freund umwirbt, und wenn du mein bist, weshalb sollte ich dem von dir versursachten Schmerz Beachtung schenken? Gibt es denn nicht solche Dinge in der Liebe, und ist sie nicht sowohl Himmel wie Hölle und zur Hälfte Pein und Vergebung? Spart ein Liebhaber nicht seine Qual aus, und entflammt er nicht heißer angesichts der Schönheit seiner Liebsten?... Ich will für die Liebe sterben, wie ich für die Liebe gelebt habe, und du sollst mein letzter Liebhaber sein, mein Herr, mein letztes Geheimnis der Begierde."

Das Weiß ihres Gesichtes überzog sich rosig, und sie hielt ihren Atem an.

So war Zulalie Laila den ganzen Tag lang fieberhaft wie eine Frau beschäftigt, die ihr Haus auf einen Festtag vorbereitet. Sie schickte Fatma, die zwergenhafte Bedienerin, zu ihren Leuten und sagte ihr, sie müsse auf eine Reise gehen. Mit ihren eigenen Händen wusch sie die Wände ihrer Kammer ab, bis all diese kleinen gelben Fliesen mit ihren Gemälden von Wiedehopfen und Sadebäumen wieder glänzten. Sie richtete das schwarz lackierte Schachbrett mit seinen Läufern, Springern und Türmen aus rotem Elfenbein gerade. Sie legte einen schwarz und golden gewebten Teppich mit den Toren zum Leben auf dem Fußboden aus. Sie polierte den silbernen Wasserkrug mit dem Fruchtfleisch von Orangen und verstreute Blütenblätter von Narzissen auf einem seidenen Tellertuch, auf dem sie Datteln und Zuckerwerk in Blättern eingehüllt ablegte. Sie stapelte morgenländische Kissen hoch auf ihrem Bett auf und verteilte Kampferkerzen in Kupferständern überall im Raum.

Dann holte sie ihr Schmuckkästchen, ihre Parfümfläschchen, ihr Necessaire, das mit goldenen Bildern von Diws und Genii aus Māzindarān versehen war, und ihre glänzenden Schuhe und Kleider hervor.

Sie übergoß ihren Körper mit der Essenz von Khas oder Indischem Hanf, bemalte ihre Augen mit ägyptischem Kajal, kämmte sogar ihre Wimpern und verstärkte die kleinen Leberflecke auf Kinn und Hals. Zuletzt wählte sie ein blutrotes Gewand, auf dem sich silberne Ringeltauben und Zypressen befanden, und Amulette von Seekristall aus.

Sie sagte: „Süßer Liebling, die Kammer ist geschmückt, und ich will hier warten, um dich zu bezaubern. Denn ich habe die Spuren des Alters verhüllt und bin jung und strahlend für dich heute Nacht. Komm und geselle dich zu mir bei meinem Festmahl."

Sie setzte sich am Tisch nieder und legte wie für einen Gast ein Kissen an ihre Seite und sprach die ganze Zeit zu ihrem unsichtbaren Geliebten. Sie sagte: „Dies sind Honigplätzchen und Blütenblätter von Veilchen. Dort sind Mandeln und Nüsse in Zimt und Zucker, Feigen und Wein aus Schiras. Was davon ist dir am liebsten, mein Meister?"

Als sie gegessen hatte, lachte sie: „Vielleicht hungerst du nicht nach Essen. Ist dir der Raum hell oder abgedunkelt lieber?" Sie lief, um die Jalousien herabzulassen, und begann, auf einer *Fans* zu spielen, die ihr von einem Musiker aus Kaschmir mitgebracht worden war. Dies war ein Instrument aus Mangoholz, ein bißchen so wie eine Gitarre, aber äußerst raffiniert wie ein Pfau und mit Intarsien von gefärbtem Elfenbein. Die Saiten waren aus Gold, und die aufrecht angeordneten Golddrähte bildeten das Rad des Vogels, auf dem sie spielte, während sie für sich ein persisches Liebeslied summte:

„Die sorgenvolle Nachtigall singt in der Nacht:
Ich höre immer ihre Stimme.
Sie huscht durch den Flieder und sucht nach dem Licht.
Aber die falsche Dämmerung hat keinen Tag.

Oh, wer wird die Nachtigall hören und die Sonne sehen?
Oh, wo ist die seltene Parfümvase, deren Siegel durch-
brochen ist?

Die Rosen blühen im Iran, die Jahre und Zeitalter
vergehen,
aber immer noch singt die einsame Nachtigall und
sehnt sich nach Tau."

Als sie endete, schüttelte der Wind die Gitter, und etwas
knarrte in der Nähe. Zulalie Laila lächelte erwartungsvoll,
und Wahnsinn schlich sich in ihre Augen.

„Er kommet", flüsterte sie. Aber der Wind verzog sich, und
der Raum verdunkelte sich mit den Schatten der Nacht. Sie
erschauerte plötzlich, die Stille des Hauses bedrückte sie.
„Ich will die Kampferkerzen anzünden, damit ich dich nicht
verpassen kann, liebes Herz", sagte sie. „Wo verweilst du so
lange? Gefällt dir dieses Kleid nicht? Ich will es wechseln
und sehen, welches Gewand deine Lust gefangennimmt."

Zuerst zog sie sich eine strohgelbe Robe und dann ein
Kleid so grün wie die Gewänder des Paradieses an und klei-
dete sich einmal in das Blau einer Derwischrobe. Als nichts
davon das Geräusch seiner Schritte beibrachte, schlüpfte sie

in ein Kleid aus Gulnar in Indien und hing sich silberne Schleier mit Sonnensteinen an den Rändern über den Kopf: An ihre Füße zog sie Schuhe in Rot und Schwarz mit hochstehenden Spitzen, gefärbt wie die Tulpe, die ein Liebhaber seiner Auserwählten schenkt.

Dann legte sie sich, schöner als ein Traum, auf ihrer Couch inmitten der Teppiche in Violett und Apfelgrün nieder und sprach zarte Worte der Liebe zum Tode.

„Mein Liebster", sagte sie, „du bist treuer als die gewöhnliche Masse der Männer. Ich sehe, du machst dir nichts aus diesen Eitelkeiten und eilst weder zu den Haarbändern meines Schleiers noch zu den Schlaufen meiner Schuhe. Aber ich werde nicht schlafen, damit ich die Musik deiner Füße nicht verpasse, wenn du zu meinen Küssen eilst. Fliehe mich nicht, wie Yusuf von Zuleikha floh, denn ich bete dich mehr an als alle Liebhaber der Vergangenheit. Schließe mich nicht von dir aus, oh, mein Gulistan, mein Rosengarten, mein Bostan, mein Duftgarten, denn ich werde dich so lieben, wie sich die Rosen an die Hügel klammern."

Sie verfiel in wunderliche Überlegungen, während ihre Augen immer noch die Eingangstür abtasteten. Eine blaue Lampe schaukelte in deren Bogen, und sie war mit Vorhängen in Schwarz und Gold drapiert.

„Mein Gebieter", sagte sie, „ich fühle, wie deine Schönheit mich erregt, obwohl ich dein Gesicht nie gesehen habe. Gewiß hast du Narzissenaugen und Lotushände und Füße, die den Lilien gleichen. Deine Haut ist zart, deine Zähne sind wie Perlen aufgereiht. Wenn du eintrittst, will ich dich grüßen wie eine lange verlobte Braut. Verachte mich nicht, wenn ich vor Glück in Ohnmacht falle, denn wie die Spuren der Karawane in die Wüste eingegraben sind, so werden deine Küsse meinen Geist verheeren ... Du wirst von mir mehr angebetet als König Salomon von Bilkis, der Königin von Saba."

Dann warf sie sich hin und her und rief: „Gib mir von den Kräutern des Friedens, denn ich sehne mich nach dir über die Dauer der Liebe hinaus. Ich will mit meiner Brust dir als Kissen dienen, und du sollst die Schläge meines Herzens hören wie die Dämonen, die zu den Pforten des Himmels krochen und das Gespräch der Engel stahlen. Ich will Moschus aus Hotan auf die ebenholzfarbenen Locken gießen, ich will dich grüßen, wie die Feueranbeter von Baku die Sonne bejubeln. Ich will dich lieben, wie der Vogel Simorgh Zol gehegt hat, und du sollst auf Teppichen aus Chorasan träumen und in meinen Armen schwelgen."

Noch einmal lauschte sie. Aber in der ganzen Kammer gab es keine Bewegung außer dem Zischen der Kampferkerzen im Halbdunkel, den von den Wandbehängen und den Teppichen abgegebenen goldenen Funken. In der Wärme wirkte der Duft des indischen Hanfes auf ihren Gliedern berauschend stark.

Zulalie Laila stöhnte in einem Anfall fließender Tränen. „Du einziger Phönix meines Herzens", schluchzte sie, „warum scheust du mich? Ich will mich dir zuwenden wie die Gesichter der Gläubiger dem *Melirab* in der Moschee. Ich liebe dich wie Dschamschid seinen magischen Rock und siebenfach beringten Kelch. Bist du strenger als der Prophet Khisr, der die Geheimnisse des Seins bewahrt, und muß ich einsam und verlassen wie Madschnūn von Lailā wandern, als er den Vögeln und Tieren der Wüste die Liebe lehrte?"

Dann trauerte sie noch mehr und sagte: „Ich werde auf dich warten, denn dein Kuß wird von der Färbung und der Art des Feuers sein und mich mit all meinen Sehnsüchten verzehren. Wenn du kommest, wird es für mich sein wie für die Leute, die König Dschamschid mit dem Glorienschein des Sonnenunterganges um seinen Kopf von den Berggipfeln herabsteigen sahen und meinten, es gäbe zwei Sonnen in der Welt. Denn wenn du mich, Zulalie Laila anblickst, die ich in der Nacht leuchte, wird es sein, als gäbe es zwei Monde. Selbst wenn dein Glanz mich erschlagen sollte, weil du ja der Tod bist, will ich selbst da spüren, wie deine liebe Hand mich berührt. Du wirst dann meinen Leichnam aufnehmen und ihn in einem Marmorgrab mit einem vergoldeten Türmchen bestatten und darauf in den Buchstaben deiner Sprache schreiben:

‚Dies war Zulalie Laila, die aus Liebe zum Tod gestorben ist.'"

Noch einmal lag sie stumm da, wachte und wartete auf das Geräusch seiner Füße.

„Die Straße muß lang und trostlos sein", sagte sie schließlich langsam, „von der Qibla der Nacht her. Was kann ich tun, damit du dich beeilst? Ich kann die Enttäuschung einer Morgendämmerung ohne dich nicht ertragen und auch nicht all die Stunden des Tages lang deiner harren."

Sie zitterte und verschmachtete vor Krankheit in ihrer Seele. Dann regte sie sich plötzlich mit wie offenen Augen und dachte nach. Dann plapperte sie und klatschte vor Freude in die Hände.

„Bei Kaikhosru!", sagte sie. „Ich habe noch einen Zaubertrank übrig, um dich zu beschleunigen."

Sie glitt von den Kissen herab und schloß eine mit arabischen Karfunkeln besetzte Schatulle auf, die unter den Teppichen verborgen war. Aus dieser holte sie ein längliches Gefäß heraus, in dem eine dunkelgrüne Flüssigkeit schimmerte.

Zulalie Laila hielt es in den Schein der Kerzen, sodaß es eine smaragdene Farbe wie das mythische Scheiteljuwel im

Kopf einer Schlange annahm. Sie küßte es zärtlich und sagte: „Du Schlüssel zu der Verschleierten Tür, die Welt würde dich Gift nennen, aber mir bist du ein Liebestrank."

Sie entkorkte das Fläschchen und trank einen kräftigen Schluck und schleuderte es auf den Boden. Es zerbrach auf den Fliesen mit einem dünnen, metallischen Klang. In den Khasduft des Raumes schlich sich ein schwaches Mandelbouquet.

Zulalie Laila kroch auf den Diwan zurück. Ihre Wangen waren so weiß wie Schnee, ihre mit persischen Perlen beringten Fingern zitterten und verkrampften sich. Das Leiden verzerrte ihr Gesicht. Es wurde bleich, und Blut sammelte sich auf ihren Lippen.

„Allah, vergib", stöhnte sie, „doch keine große Liebe wird ohne großes Opfer gewonnen"... Sie krümmte sich und schrie, während der Schweiß von ihrer Stirn tropfte. „Wenn der Bräutigam zu seiner Braut gekommen ist", murmelte sie undeutlich, „sollen uns die Musiker am Morgen nicht mit ihrer Musik wecken."

Die Gitter klapperten, und das Licht der Kampferkerzen strömte in dem Wind zusammen, der sich erhebt, bevor der Morgen dämmert. Etwas Ungreifbares zerstreute die Stille des Hauses. Es stieg die Treppe hinauf, als ob es hastig herbeigerufen worden wäre.

Die blaue Lampe schaukelte geräuschvoll an ihren Ketten, die Vorhänge in Schwarz und Gold erzitterten. Es war, als ob eine übernatürliche Erscheinung den Raum ausfüllte, deren Schatten sich unbestimmt vorwärts bewegte, und da war ein Schwirren von Flügeln in Bewegung.

Der Diwan, auf dem Zulalie Laila ruhte, wurde von dem Flackern glühend enthüllt, und scharf umrissen wurde ihr verzerrtes Gesicht, das wartete ..., hungrig wartete trotz seines Ausdrucks der Angst ..., ihr Haar inmitten der Sonnensteine und der silbernen Kaschmirschleier.

Als dann der Wind erstarb, kamen die Kerzen zur Ruhe, und der Diwan war wieder in Düsternis verloren. Nur einen Augenblick lang huschte ein Strahlen über die Wände.

Mit Augen, die schon trübe waren, setzte sich Zulalie Laila aber auf. Ihr Gesicht war wächsern, doch das Blau war jetzt verschwunden. Auf einmal lachte sie, ein leises, geheimnis-volles Lachen der Liebe, und sie breitete die Arme weit aus und schloß sie dann wieder, fest, so fest, wie eine Frau das Teuerste ihres Herzens umschließt. Ihr Kopf fiel zurück und gab ihren mit Juwelen gesprenkelten Hals frei. Ihr Mund zit-terte und formte einen verwegenen Kuß.

Sie keuchte ein wenig und lag dann ganz still da wie je-mand, der in der Ekstase in Ohnmacht gefallen ist.

Das Schwirren von Flügeln hörte auf in der Kammer. Der Mandelgeruch verging, und die Luft wurde drückend und stickig von den tropfenden Kerzen.

Der Raum ergraute und dämpfte ihren Schimmer, und noch einmal schwebte der Ruf des Muezzins von dem Mina-rett über den Stadtmauern herab.

Aber wiederum verschlief Zulalie Laila seinen Ruf und schenkte ihm keine Beachtung. Denn ihr Liebster war über Nacht gekommen und hatte in diesem letzten stürmischen Liebeswerben ihre Seele weggestohlen. Ihre Augen wurden von seinem Glanz geblendet, doch zeigten sie keine Furcht.

Ihre Lippen lächelten noch immer in Erinnerung an seine Küsse wie an etwas unaussprechlich Zartes.

Ein *Dilruba*-Spieler ging an dem verschlossenen Haus vorbei und spielte klagend auf diesem Instrument, das man „Anflehung des Herzens" nennt. Um die Mittagszeit polterte die alte Fatma die Treppe hinauf ... Aber Zulalie Laila war noch nicht von ihrer Reise zurückgekehrt.

Biographische Notiz

Regina Miriam Bloch war eine jüdisch-englische Dichterin und Schriftstellerin, die im November 1888 in Sondershausen in dem damaligen Fürstentum Schwarzburg-Sondershausen geboren wurde, das heute ein Teil des Bundeslandes Thüringen ist. Sie war das dritte Kind von John (oder Jacob) Bloch aus Birmingham, der dort Herausgeber der Sportzeitschrift „Spiel und Sport" war. Nach dem Ersten Weltkrieg lebte sie in London.

Von 1906 an erschienen zahlreiche Beiträge von ihr, Gedichte, Essays und Buchbesprechungen, in Zeitschriften wie *The Academy*, *The Idler*, *The Spectator*, *The Saturday Review* und anderen. Bekannt wurde sie vor allem durch die Veröffentlichung einer Abhandlung über den Gründer des Internationalen Sufi-Ordens, Inayat Khan (1915). Weiterhin erschienen von ihr zwei Bände mit Kurzgeschichten, neben dem hier vorliegenden 1918 noch „Strange Loves", dem die im Anhang wiedergegebene Erzählung „Zulalie Laila" entnommen ist.

Regina Miriam Bloch starb am 1. März 1938 im Alter von nur neunundvierzig Jahren. Ihre Bücher sind heute im internationalen Buchhandel praktisch unauffindbar, wenn man von dem in Indien erschienenen Reprint von „The Swine-Gods" mit dem verstümmelten Titel „& Other Visions" absieht, der mir als Grundlage für die Übersetzungen gedient hat. Der Originaltext von „Zulalie Laila" ist dem Blog „Weird Women" im Internet entnommen. Erzählungen von Regina Miriam Bloch liegen hier erstmals in deutscher Sprache vor.